17 Mars 1880.

V

SPLENDIDES

TAPISSERIES

OBJETS D'ART

ET

D'AMEUBLEMENT

TABLEAUX ANCIENS

Mᵉ E. BERTHELIN
COMMISSAIRE-PRISEUR

M. GANDOUIN
EXPERT

CONDITIONS DE LA VENTE

Elle sera faite au comptant.

Les adjudicataires payeront *cinq centimes par franc* en sus
des enchères, applicables aux frais.

L'Exposition mettant les adjudicataires à même de
se rendre compte de l'état et de la nature des objets, il
ne sera admis aucune réclamation, une fois l'adjudication
prononcée.

CATALOGUE

DE

SPLENDIDES

TAPISSERIES

DU TEMPS DE CHARLES VII ET DU TEMPS DE LOUIS XIV

(A sujets d'après COYPEL)

TRÈS BEAU MEUBLE DE SALON

EN TAPISSERIE DE BEAUVAIS

MARBRES

BRONZES D'ART ET D'AMEUBLEMENT

STATUETTE ÉQUESTRE EN IVOIRE, ÉPOQUE RENAISSANCE

MEUBLES ANCIENS

OBJETS DE LA CHINE ET DU JAPON

TABLEAUX ANCIENS

ŒUVRES REMARQUABLES

DE FRANÇOIS MALTÈSE, ANTOINE COYPEL

AUTRES PAR HONDEKŒTTER, MIGNARD, HUET, REMOND, ETC.

DONT LA VENTE AURA LIEU

HOTEL DROUOT, SALLE N° 8

Le Mercredi 17 Mars 1880

A DEUX HEURES

Mᵉ E. BERTHELIN	M. GANDOUIN
COMMISSAIRE-PRISEUR	EXPERT DES DOMAINES NATIONAUX
Sʳ DE Mᵉ CHARLES OUDART	
29, rue Le Peletier	42, rue Le Peletier

EXPOSITION PUBLIQUE

LE MARDI 16 MARS 1880, DE 2 HEURES A 6 HEURES

DÉSIGNATION

TAPISSERIES

1. — Superbe Tapisserie de l'époque de Louis XIV, dont la composition, de **Charles Coypel**, représente le Triomphe d'Amphitrite, et Mercure remettant Achille pour être trempé dans le Styx.

> Cette Tapisserie est ornée d'une belle bordure composée par Berain et signée G. Werniers, surmontée des lettres G et F séparées par un petit écusson rouge orné d'une fleur de lis.
>
> H., 3^m,50. L., 7^m,25.

2. — Autre Tapisserie faisant partie de la même suite, représentant Bacchus chez Ariane, laquelle est représentée assise dans une grotte ; à l'entrée, le char du dieu est arrêté et la grotte envahie par des Faunes, Satyres et Amours.

> Cette Tapisserie est signée de même :
>
> H., 3^m,50. L., 5^m,15.

3. — Autre Tapisserie de la même suite, représentant Flore et Zéphire, et de même état de conservation, avec toutes ses bordures.

> H., 3^m,50. L., 3^m,00.

4. — Très belle et intéressante Tapisserie de l'époque de Charles VII, dont la composition représentent seigneur dans un riche costume visitant ses tenanciers

occupés à cueillir des fleurs et à garder un troupeau.

Cette remarquable Tapisserie est ornée des armoiries d'un cardinal de Lyon et d'inscriptions curieuses.

L., 4^m,80. H., 2^m,90.

5. — Autre Tapisserie de la même suite dont la composition, de vingt-trois personnages, représente la Vendange.

En bel état de conservation.

L., 3^m,30. H., 2^m,90.

6. — Morceau de Tapisserie de la même suite, dont la composition représente une châtelaine visitant ses bouviers; costumes fort curieux.

En bel état de conservation.

L., 2^m,90. H., 2^m,80.

7. — Quatre Bordures très riches et bien conservées, de l'époque de la Renaissance, ornées de fruits, fleurs, insectes et oiseaux.

8. — Grande Tapisserie ancienne d'Aubusson, dont la riche ornementation se détache sur un fond jaune clair.

9. — Belle Tapisserie de la fin du xvie siècle, représentant, en deux sujets séparés par une colonne, l'histoire de Jacob. Tapisserie complète avec ses bordures et d'un superbe ton.

10. — Grande et belle Tapisserie de l'époque Louis XIV; paysage avec petites figures, représentant Adonis et Vénus, et superbe bordure de Berain, sur fond noir.

14. — Trois Tapisseries *Verdures*, de l'époque Louis XIV, de diverses fabriques.

15. — Tapisserie *Verdure* du temps de Louis XIII, avec toutes ses bordures.

TABLEAUX

COYPEL (Nicolas-Antoine)

16. — L'enlèvement d'Europe.

Beau tableau.

HUET (Jean-Baptiste)

17. — Jeux d'enfants; dessus de porte.

HONDEKOETTER

18. — Coq et Poules.

HONDEKOETTER

19. — Pendant du précédent.

MIGNARD

20. — Vénus et l'Amour.

RÉMOND

21. — Mort d'Hippolyte.

RÉMOND

22. — Vue dans la campagne de Rome.

GALLARD LÉPINAY

23. — Vue à Venise.

MALTÈSE (François) *dit* Le Chevalier

24. — Pièces d'orfèvrerie.

> Posées sur une table, près d'une draperie à superbe frange;
> tous les objets représentés sont d'une exécution remarquable
> et fort intéressante.
> Tableau d'une belle conservation et d'une superbe qualité
> Beau cadre sculpté.

MALTÈSE

25. — Pendant du précédent.

OBJETS D'ART ET D'AMEUBLEMENT

26. — Statuette équestre en ivoire sculpté de l'époque de la Renaissance, représentant Maximilien d'Autriche en armure de parade, et dont le cheval est caparaçonné de même.

Pièce fort curieuse et très intéressante.

27. — Belle Chasuble en soie, fond jaune, brodée d'or et de soie de couleurs, de l'époque de Henri IV.

28. — Commode de l'époque Louis XIV, garnie de ses bronzes bien ciselés.

29. — Beau Cabinet en marqueterie de bois, de l'époque de la Renaissance, orné de quatre bas-reliefs bien sculptés, représentant les dieux de l'antiquité et dont l'intérieur forme un superbe portique.

30. — Très beau Meuble de salon, de l'époque Louis XVI, en bois sculpté et doré d'une belle exécution, recouvert en tapisserie de Beauvais, avec sujets d'après J.-B. Huet, et les Sièges d'après Oudry, représentant les contes de Lafontaine.

Il est composé d'un canapé et huit fauteuils.

31. — Paire de Colonnes en marbre.

32. — Paire de belles Gaines en marbre Portor et Languedoc.

33. — Six Chaises de style Henri II en noyer sculpté.

34. — Magnifique Table en noyer sculpté du style de la
Renaissance, supportée par de belles colonnes
d'ordre corinthien et ornée de statues en bois
sculpté.

35. — Commode en marqueterie de bois rose et d'amarante,
de l'époque Louis XV, ornée de ses bronzes ciselés
et dorés.

36. — Grande Glace en bois laqué, de style Louis XVI, avec
Jardinière de même style.

37. — Paire de Supports à têtes d'éléphants, en bois noir
sculpté.

38. — Liseuse à dessus de marbre griotte et bois noir.

39. — Coffre en bois sculpté, recouvert en tapisserie.

40. — Paire de Supports à chimères en bois sculpté et en bon
état.

41. — Table en noyer de l'époque Henri II, à un seul pié-
tement et supportée par trois colonnes d'ordre
ionique.

42. — Beau Tapis de table en soie verte, avec broderie poly-
chrome au passé, travail ancien, Louis XIII.

43. — Crédence ancienne de l'époque Louis XIV, dont tous
les panneaux sont sculptés et ornés de têtes en
relief.

44. — Deux belles Portes en chêne sculpté du commence-
ment du xvie siècle, et dont les panneaux sont
ornés de médaillons à figures.

45. — Magnifique Pendule ancienne, Louis XIV, en marqueterie de cuivre et d'écaille, forme dite religieuse, ornée de bronzes bien ciselés.

46. — Belle Glace avec cadre sculpté, doré et armorié, travail de l'époque Louis XIII.

47. — Très beau Fauteuil ancien, Louis XIV, finement sculpté et doré.

48. — Petite Console en acajou, Louis XVI.

49. — Petite Commode en bois sculpté et doré, travail très fin, de l'époque Louis XV.

50. — Deux magnifiques Gaines en bois, ornées de bronzes et de mosaïques de Florence.

51. — Deux Vases en porcelaine ancienne du Japon, et monture bronze doré.

52. — Meuble de salon de style japonais, composé d'un Canapé, deux Fauteuils, quatre Chaises et huit Rideaux, satin noir.

53. — Causeuse marquise, Louis XVI, couverte de belle soie rayée et brochée du temps.

54. — Raphaël, buste terre cuite, par CARRIER-BELLEUSE.

55. — L'Enfant au nid, marbre par PIGAL.

56. — L'Enfant à l'oiseau; pendant du précédent.

57. — Ondine, statue en bronze de MOREAU.

58. — Belle Garniture en bronze ciselé et poli, de style
rocaille, composée de Pendule et Candélabres.

59. — Cartel bronze poli, style Renaissance.

FAURE DE BROUSSE

60. — Buste de Femme, marbre.

FAURE DE BROUSSE

61. — Pendant du précédent.

62. — Deux Vases bronze ancien du Japon, richement ornés
et à ouverture évasée.

63. — Beau Meuble hollandais en chêne sculpté, supporté
par de grandes colonnes cannelées et daté de
1640.

64. — Armoire de l'époque Louis XV, en bois sculpté.

65. — Pendule ancienne Louis XVI, en bois sculpté et
doré.

66. — Bahut en chêne noirci sculpté et orné de têtes de lions
sculptées.

67. — Deux Fauteuils, bois sculpté et doré, recouverts de
satin bleu broché.

68. — Garniture de trois Potiches et deux Cornets, en
ancienne faïence de Delft.

69. — Canapé ancien Louis XVI, recouvert en soie.

70. — Belle Commode Louis XV, ornée de ses bronzes.

71. — Deux Fauteuils bois sculpté, recouverts de tapisserie.

72. — Écran tapisserie au point Louis XIV, monture bois sculpté

73. — Paire de Grands Vases en porcelaine de la Chine, décor de mandarins.

74. — Autre Paire de décors analogues.

75. — Paire de Grands Vases en porcelaine de la Chine, décor fleurs, insectes.

76. — Autre Paire, décor analogue.

77. — Paire de Vases bronze doré, époque du premier Empire.

78. — Magnifique Psyché bois doré.

79. — Beau Meuble de salon, bonheur du jour, formant vitrine dans sa partie supérieure, complètement doré, avec appliques de bronze ciselé et argenté.

80. — Console d'entre-deux, style Louis XV, laquée, avec glace au-dessus.

81. — Petite Toilette anglaise avec glace.

82. — Une autre Toilette anglaise avec glace.

83. — Pêcheur, bronze de Rollé.

84. — Femme de Pêcheur, pendant du précédent.

85. — Deux Vases en porcelaine du Japon, monture en bronze.

86. — Très belle paire de Chimères en émail cloisonné de Chine, dont la tête forme couvercle. Qualité superbe.

87. — Paire de grandes et belles Lampes en porcelaine du Japon, monture en bronze noir frotté or.

88. — Paire de Vases en porcelaine Nagasaki, ornés de personnages.

89. — Garniture de trois pièces en porcelaine de la Chine, composée de deux Cornets et d'une Potiche décor bleu.

90. — Deux grands Vases porcelaine de la Chine, décor de Canton.

91. — Autre paire de Vases même décor à fleurs et oiseaux.

92. — Paire de grands Vases en bronze du Japon, à caissons ornés de figures en relief et animaux.

93. — Paire de Vases grand modèle, porcelaine de la Chine, décor personnages.

94. — Autre paire de Vases de décor analogue.

95. — Magnifique Potiche en porcelaine de Chine, fond gros bleu à ornements dorés.

96. — Meuble de salon composé de dix Fauteuils et d'un Canapé en bois sculpté et canné, de l'époque Louis XIV.

97. — Six Chaises à sièges cannés de l'époque Louis XIV, à
dossiers laqués et dorés.

98. — Meuble d'appui en bois noir avec portes ornées de
plaques en faïence décorée, représentant des
paysages.

99. — Meuble d'appui en marqueterie d'ivoire style Renaissance, travail milanais.

100. — Petite Commode de style Louis XVI en marqueterie
de bois. Coffret à bijoux.

101. — Guéridon acajou de style Louis XVI supporté par
trois pieds, garni de cuivres et bronzes.

102. — Console ancienne Louis XVI à galerie, marbre blanc
et pieds cannelés.

103. — Table forme dite Rognon, style Louis XV, marqueterie
de bois.

104. — Belle Chaise longue Louis XIV en bois sculpté, dorée
et cannée.

105. — Meuble à deux corps en bois de chêne sculpté et orné
de belles plaques de faïence à reliefs et en camaïeu
bleu, exécuté par Lévêque.

106. — Meuble toilette à deux portes ornées de belles plaques
en faïence, décorées au petit jeu. — Paysage.

107. — Petit Bureau plat bois noir, orné sur sa ceinture de
plaques en faïence et en relief représentant des
enfants et animaux marins.

108. — Belle Vitrine de style Renaissance en bois sculpté doré et orné de bronzes bien ciselés, d'un travail remarquable et ornée de plaques en faïence à pâtes rapportées et sculptées, provenant de la loterie nationale.

109. — Deux Gaines de même travail et style.

110. — Superbe Console Louis XIV en bois sculpté, modèle de Toro.

111. — Magnifique Meuble vaisselier, Louis XIV, en bois sculpté.

112. — Pendule de l'époque du premier Empire, en bronze.

113. — Deux Fauteuils en chêne, style Louis XIII.

114. — Table à pieds tournés, de style Henri II.

115. — Canapé et deux Fauteuils, de style Louis XIII, couverts en soie.

116. — Glace gravée, travail de Salviati de Venise.

117. — Fauteuil Henri II, couvert en velours, peluche et tapisserie.

118. — Deux Tabourets couverts velours et tapisserie.

119. — Beau Groupe en porcelaine allemande : Enfance de Bacchus, d'après Clodion.

120. — Deux grandes Lampes en porcelaine, décorée de sujets d'après Boucher.

121. — Deux Candélabres en porcelaine moderne de Saxe;
intacts.

122. — Deux Brûle-parfums à trépieds, de bronze ciselé de
style Louis XVI, dont les cassolettes, en porcelaine décorée, ont des sujets d'après Watteau.

123. — Statue en bronze : Vénus de Medicis.

124. — Statue en bronze : Vénus de Milo.

125. — Grande et belle Glacière en porcelaine de Saxe, monture en bronze doré, et dont la vasque est décorée
de sujets imités de Watteau.

126. — Frère Philippe, groupe bronze par Marin.

127. — Les Oies du Frère Philippe; pendant du précédent.

128. — Plaque en porcelaine de Capo di Monte, représentant l'enlèvement d'Éole.

129. — Belle Pendule de style Louis XIV, dont le fond
d'écaille noire est marqueté de cuivre et orné
de bronzes bien ciselés.

130. — Vénus du Vatican, bronze important d'après l'an-
tique.

131. — Plat ovale, décor façon Sèvres, monture bronze;
décor de pastorales.

132. — Autre Plat faisant pendant au précédent.

133. — Le Printemps, statuette en porcelaine de Saxe.

134. — L'Été, statuette moderne en porcelaine de Saxe.

135. — L'Automne, statuette en porcelaine de Saxe.

136. — L'Hiver, statuette en porcelaine de Saxe.

137. — Douze Assiettes en porcelaine de Sèvres, décorées de sujets d'après Watteau et Boucher.

138. — Groupe de huit personnages en porcelaine de Saxe.

PARIS. — Impr. J. CLAYE. — A. QUANTIN et C', rue Saint-Benoît. — [485]